Contes en Omnibus

I

BATIGNOLLES-CLICHY-ODÉON

Illustrations de A.-F. GORGUET

PARIS

ERNEST FLAMMARION, ÉDITEUR

26, RUE RACINE, 26

1893

CONTES EN OMNIBUS

I

BATIGNOLLES-CLICHY-ODÉON

CONTES EN OMNIBUS

I

BATIGNOLLES-CLICHY-ODÉON

ÉMILE DARTÈS

CONTES EN OMNIBUS

I

BATIGNOLLES-CLICHY-ODÉON

Illustrations de GORGUET

PARIS

ERNEST FLAMMARION, ÉDITEUR

26, RUE RACINE, 26

1893

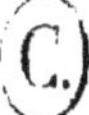

UN MARIAGE !

Il pouvait être dix heures du soir; le temps était doux, le ciel cons- tellé d'étoiles. Paris était si- lencieux.

J'errais à l'aventure dans la rue de Richelieu, sortant du Théâtre-Français où je venais de passer une heure délicieuse à écouter la musique des jolis vers de mon ami Armand Silvestre qui, ce soir-là, faisait représenter *Grisélidis*.

Tout doucement, la cigarette aux lèvres,

je m'acheminais vers les grands boulevards.

Vint à passer l'omnibus « Odéon-Batignolles-Clichy ».

Hop ! d'un bond, d'un mouvement instinctif, comme mû par un ressort tout à coup lâché, me voici dans la lourde voiture roulant à toute vitesse vers le boulevard des Italiens, passant avec une adresse admirable dans l'étroit espace laissé au milieu de la rue par les rangées de véhicules qui, des deux côtés, bordaient le trottoir.

La plate-forme, où je voulais rester, était au complet, garnie de ses quatre voyageurs réglementaires. J'espérais cependant pouvoir m'y tenir, au moins le temps de finir ma cigarette.

— Complet, ici ! Places dans l'intérieur !

C'est la voix sévère du conducteur qui lance ces paroles du haut de l'impériale, le corps penché au-dessus de l'escalier. Loin de m'émouvoir pour si peu, je m'installe aussi commodément que possible, prenant un point d'appui sur la rampe.

Mais ma tranquillité est bientôt troublée. En une glissade sur les mains, le conducteur dégringole. Il s'abat comme une trombe sur la plate-forme et, s'adressant à moi :

— Puisque je vous dis que c'est complet ici ! Allons, entrez là dedans, ou... descendez !

— C'est bon, aimable conducteur, ne vous échauffez pas, je vais entrer là dedans.

Tout en faisant voler au loin, comme à regret, ma cigarette inachevée, je jetai dans l'intérieur de l'omnibus un coup d'œil investigateur.

Qu'elle était pauvrement composée, cette voiture, oh ! oui, que pauvrement ! A peine sept voyageurs, et tous plus ou moins somnolents. Pas même une jolie femme !

C'était décevant. Jugez un peu.

A droite, près de l'entrée, un militaire plié en deux, la tête dans ses mains, les coudes sur les genoux, ronflant en face d'une grosse femme qui, bien grosse pourtant, disparaissait... presque derrière un volumineux panier de linge qu'elle portait sur son ventre afin de me laisser passer, car le chef du militaire, coiffé d'un shako surmonté de son double pompon, obstruait à moitié l'étroit couloir.

Plus loin, vers le milieu, sur la banquette de droite, une petite dame avait la tête posée sur l'épaule d'un petit monsieur, son mari sans doute. Ils se donnaient le bras. Un jeune ménage que les fatigues de toutes sortes d'un récent hymen semblaient avoir épuisé. Elle dormait, elle ; elle dormait carrément, paisiblement, dans une confiance absolue. Je ne distinguais pas ses traits, mais elle avait quelque chose d'attirant. Un vague désir me montait de prendre la place du petit pékin et d'offrir, à mon tour, un appui à ce corps d'un mouvement si souple et si gracieux dans son abandon. Le protecteur, lui, dormait aussi, mais tout autrement. Il sommeillait en gendarme, en boule-dogue. Il voulait résister. Il s'efforçait bien de tenir ouverts ses yeux gonflés de sommeil, mais la lassitude était plus forte que sa volonté. Une force implacable lui fermait les paupières. Celles-ci s'abaissaient, se séparaient, puis se rapprochaient encore, se rejoignaient pour s'écarter ensuite brusquement, et ces mouvements s'opéraient à tour de rôle pendant que la tête dodelinait d'avant

LIEBIG

en arrière et d'arrière en avant sous l'influence
de tous les cahots de la voiture. De ses yeux,
on ne voyait que la blanche cornée, au milieu
de cette tête défaite et constamment secouée.
Peut-être était-il gentil à croquer, le galant
cavalier, mais il ne se montrait certes pas
sous son jour le plus séduisant.

Avec cela, pour comble d'ironie, il tenait à
la main son chapeau haut de forme qu'il avait
retiré pour rendre libre à sa douce compagne
l'accès de son épaule. Il le tenait par le bord,
renversé, présentant l'ouverture comme pour
solliciter la charité des passants. J'eus un instant la tentation de lui poser sur les genoux,
comme dans *les Deux Aveugles*, une pancarte :

« Ayez pitié d'un pauvre aveugle qui ne
voit pas clair, qui a perdu la vue dans un
engrenage... »

L'illusion eût été complète.

Mais je m'éternise dans la description de
mon jeune ménage. Vous l'avez assez vu.

Çà et là, dans la voiture, se trouvaient
encore : une dame très mûre et très enrhumée ;
un jeune gommeux, camélia à la boutonnière,

qui frisait constamment sa fine moustache, et enfin, tout au fond, une mère tenant sur ses genoux un ennuyeux bambin qui faisait un tapage de tous les diables en criant : « Hue ! hue ! » comme un possédé, et en cognant au carreau pour exciter les chevaux.

Cet intérieur, vous le voyez, offrait un bien maigre champ d'observations. Cependant, sur une nouvelle injonction du sévère conducteur, je me résignai à entrer. J'allai me placer sur la banquette de droite entre le lignard et le couple endormi. J'avais vis-à-vis de moi l'encombrant panier de l'imposante blanchisseuse.

Je m'amusai bien un instant des ridicules mouvements en avant et en arrière que la voiture imprimait à la tête de mon voisin, ce qui dérangeait la savante coiffure de la petite dormeuse au point que celle-ci commençait à ressembler à un jeune chien savant ; mais ce genre de distraction, désespérément monotone, ne pouvait durer toujours.

Il ne me resta bientôt plus qu'à rentrer en moi-même et à m'abîmer dans mes réflexions.

C'est ce que je me disposais à faire quand

un léger incident vint de nouveau solliciter
mon attention. Soudain le lourd véhicule
s'arrêta net, d'un choc qui fit chavirer dans
le même sens tous les voyageurs endormis.
Ceux-ci ouvrirent l'œil ; instinctivement ils
dirigèrent leurs regards éteints du côté de
l'entrée, puis, s'étant rendu compte qu'il
n'était survenu rien d'insolite, que tout mar-
chait normalement, qu'ils ne couraient aucun
danger, ils reprirent leur position et de nou-
veaux ronflements vinrent attester qu'ils
avaient recouvré toute leur béatitude.

Une femme d'une quarantaine d'années, ni
belle ni laide, ni grande ni petite, ni grasse
ni maigre, affligée d'une légère claudication,
venait d'aborder la plate-forme. Elle voulut
s'engouffrer dans l'intérieur. Au moment
même, d'un vigoureux élan, l'omnibus repartit. Mes voyageurs, avec un parfait ensemble,
oscillèrent du buste en sens contraire. Trébu-
chant sous le choc produit par le rude coup
de collier des chevaux au départ, la nouvelle
venue bascula en arrière. Comme elle n'avait
pas eu la présence d'esprit de saisir la rampe

verticale de l'entrée, elle vint écraser les pieds
et meurtrir l'abdomen d'un tranquille bour-

geois qui, béate-   ment, fumait sa
pipe sous la cage de l'escalier. Toute confuse
de sa maladresse, elle se retourna pour s'ex-
cuser, car le bourgeois béat, devenu taureau
furieux, jurait comme un portefaix. Mais un

nouveau choc aussi violent la précipitant dans l'intérieur, elle alla donner du... bas du dos sur le shako du jeune tourlourou, penché en avant, dans une position par trop dépassante.

Le shako s'en alla rouler au fond du couloir.

Quant à son propriétaire, surpris au milieu d'un rêve de gloire, sans doute, il se mit à crier : « N... de D...! un Prussien! » Et se redressant brusquement, avec un jurement terrible qui rendit cramoisie la petite mariée en sursaut réveillée, il envoya un formidable coup de tête dans le... bas du dos de la malheureuse qui, soulevée comme plume, alla s'aplatir sur le volumineux panier de la grosse femme d'en face.

Oh !... Un soupir étouffé, longuement étouffé, c'est tout ce qu'on perçut, après l'écrasement, de derrière l'énorme panier. Quant au projectile que la catapulte vivante et grondante avait lancé d'une vigueur si désespérée, quant à la pauvre femme, cause involontaire de l'incident, elle faisait, pour se relever, mille efforts, tout en marmottant une kyrielle d'excuses :

— Oh ! madame, pardon ! mille pardons ! Que d'excuses, madame ! Je ne l'ai pas fait exprès, je vous jure ! C'est ce maladroit de militaire... Mon Dieu, que je regrette... Vous n'avez pas de mal, au moins, madame ? Ce n'est pas de ma faute, allez ! Oh ! là ! là ! que j'ai mal aux reins ! Et vous, madame ?...

Et cela n'arrêtait pas. Le panier gémissait ; la grosse dame aussi, par derrière, mais, toujours écrasée, elle ne pouvait articuler une parole. Elle implorait du regard les gens de la plate-forme.

Heureusement, avec mon aide et l'aide du conducteur, l'assiégeante finit par se redresser et elle vint rouler, plutôt qu'elle ne s'assit, à côté de sa victime. Alors, tout en se frictionnant de la main gauche, elle souleva de l'autre main le malencontreux colis que je saisis à mon tour et que je poussai sur la plate-forme où le conducteur, grommelant, trouva à le caser, pendant que le petit soldat allait à la recherche de son shako.

La grosse blanchisseuse, après avoir suivi du regard sa marchandise et s'être assurée qu'on la mettait en sûreté, tourna ses yeux arrondis vers celle qu'elle supposait son ennemie. Mais cette ennemie avait l'air si doux, si humble, elle paraissait si désolée de sa maladresse, elle interrogeait d'un regard si malheureux, que la colère de l'assiégée tomba comme par enchantement. Son visage si dur, à l'instant s'éclaira soudain d'un large sourire qui fit voir une vilaine rangée de dents plus ou moins gâtées.

Malgré cela, malgré un nez trop fort et trop riche de bourgeons, trop saupoudré de tabac, malgré un menton double déjà et sur le point de se dédoubler encore, malgré ces imperfections qui n'ont jamais, que je sache, ajouté à la beauté de la femme, le large sourire et les petits yeux en boule donnaient à cette face épaisse et plate un air de bonté qui la rendait presque... pas laide, tellement la bonté transfigure.

Et la bouche, à travers ses chicots usés, murmurait :

— De rien, madame, de rien ! Ce n'est pas
la peine. Merci !

— Oh ! si, madame ! J'ai dû vous faire
mal... répondait l'autre.

— Non, madame, au contraire.

— Bien sûr ?

— Ma parole !

— Ah ! tant mieux !

— Merci, madame.

— J'ai eu si peur !

— Moi aussi, je ne savais pas ce qui m'ar-
rivait.

— Croyez bien que ce n'est pas ma faute.

— Parfaitement, madame.

— C'est ce militaire... Ah ! tenez, le voilà
encore rendormi... Voyez donc comme il se
tient... Il bouche presque entièrement le
passage... Cela vous explique...

— Sans doute. Il est très gênant... C'est
même inconvenant. On devrait empêcher les
militaires de se tenir comme ça.

— N'est-ce pas, madame ?

— Oh ! de nos jours, tout est relâché...

— Comme c'est vrai, ça !

— Il n'y a plus de discipline chez le militaire, il n'y a plus de politesse chez l'homme. On n'a plus le respect de la femme !

— Et comme on élève mal les enfants ?

— A qui le dites-vous, ma chère dame !

— Mais regardez donc ce soldat. Bientôt son shako va vous toucher les genoux. Si le conducteur faisait son service...

— Oh ! madame, ne me parlez pas des conducteurs, c'est des pas grand'chose !

— Ça, c'est la vérité.

— Oui, madame... Tenez, moi qui vous parle, tout à l'heure ce conducteur m'a fait courir pendant cinq minutes derrière sa voiture, avant de l'arrêter...

— Cinq minutes ?

— Au moins ! C'est comme j'ai l'honneur de vous le dire, ma chère dame... Et j'avais une charge, une rude charge, je vous en réponds, avec ce panier !

— Je vous crois, ma chère dame.

— J'avais beau lui faire un tas de signes, comme ça... comme ça... il faisait semblant de ne pas me voir. J'ai descendu ainsi, courant, m'époumonnant à appeler, tout le bas de la rue des Saints-Pères jusqu'au pont...

— Pas possible !

— Puisque je vous le dis !

— Ça, c'est trop fort !

— Heureusement qu'un voyageur de la plate-forme a enfin tiré le cordon, sans cela...

— Ah ! lequel ?

— Tenez, ce petit jeune homme si comme il faut qui porte un bouquet... là... à côté du gros qui fume sa pipe.

— Oui, oui. Comme il a l'air distingué !

— Le gros ?

— Oh ! non. C'est celui-là qui m'a bousculée tout à l'heure. Avez-vous entendu comme il est mal embouché ?

— J'en étais honteuse, ma chère dame. Mais regardez donc, il envoie sa sale fumée sur le bouquet du petit jeune homme. Croyez-vous que c'est convenable cela ? Si nous lui disions...

— Ne faites pas cela, ma chère. Il vous attraperait. Il vaut mieux ne pas avoir de raisons avec des gens aussi communs.

— C'est vrai, d'autant mieux qu'il n'y a rien que je déteste autant que les gens grossiers. Tout de même, ce jeune homme ne devrait pas rester à côté de lui. Son bouquet empoisonnera la pipe, quand il l'offrira à sa fiancée.

— Pour sûr ! Dites-moi, ma chère, ce bouquet n'est peut-être pas pour sa fiancée ? S'il était pour une... cocotte ?

— Oh ! alors, ce serait tant mieux ! Le gros pourrait encore cracher dedans que j'en serais contente. — Les cocottes ! en voilà une engeance maudite ! Voilà une clique

que j'abomine ! Tenez, j'en ai dans ma clien-
tèle — il faut bien vivre, pas vrai ? — mais
j'ai toujours des démangeaisons de leur
crêper le chignon, quand je leur porte leur
linge. Mais non, regardez-moi ce garçon ; il a

l'air trop bien pour fré-
quenter des cocottes.

— C'est lui qui vous a
fait arrêter la voiture ?

— Oui, je vous disais donc
qu'il a tiré la ficelle. Il a
bien fallu que la voiture
s'arrêtàt. Alors, j'ai pris mes
jambes à mon cou...

— Manière de courir pas
commode du tout !...

— Hein ?

— Rien. Faites pas atten-
tion. C'est une chanson de
ma jeunesse qui me revient...

— Alors, si ça vous fait chanter ?

— Ne vous fâchez pas, ma chère, je vous
écoute...

— C'est que ce n'est pas drôle du tout ce

que je vais vous raconter. J'ai failli être tuée,
savez-vous ?

— Tuée ? vous m'effrayez.

— Il ne s'en est pas fallu de beaucoup.
Vous allez voir. J'ai donc pris mes jambes à
mon cou et j'ai couru, couru, tant et si bien
qu'en arrivant à l'omnibus, j'étais en nage.
Je m'apprêtais à monter, à monter, chère
madame, vous me suivez bien... dites, vous
me suivez bien...

— Oui, oui, allez...

— J'avais déjà une jambe — celle-ci —
engagée sur le marchepied quand le conducteur, goguenard...

— Vous dites... ?

— Le conducteur, goguenard...

— Eh bien, il peut se vanter d'avoir un
drôle de nom !

— Plaît-il ?

— Je dis que M. Goguenard, c'est un drôle
de nom.

— Mais ce n'est pas son nom de famille.
C'est moi qui l'appelle goguenard...

— C'est bien trouvé !

— Goguenard, ça veut dire qu'il se fichait de moi...

— Ah! très bien, très bien... je n'avais pas entendu. Continuez, ma chère...

— Donc, au moment où j'arrive essoufflée, en eau, positivement en eau, le conducteur me dit : « Est-ce que vous voulez monter avec ça? — Ça, c'était mon panier de linge. — Certainement », que je réponds. — « Alors, qu'il fait, je ne vous prends pas ! — Hein? » J'étais prête à me fâcher tout rouge, mais je me retiens, je me contente de dire : « En voilà un imbécile ! »

— Vous avez rudement bien fait ! moi, je n'aurais pas pu me retenir. Je l'aurais agonisé de sottises.

— C'est vrai, ma bonne amie, mais quand on peut garder son sang-froid avec ces gens mal éduqués, ça vaut encore mieux.

— Sans doute, ma chère, je suis identiquement de votre avis. Mais il y a des moments où c'est plus fort que soi, on ne peut pas se retenir.

— A qui le dites-vous? Moi, j'ai réfléchi

que si je criais trop fort, il m'empêcherait
de monter. Alors je lui ai dit simplement :
« Me laisser là après m'avoir tant fait courir,
ce ne serait pas à faire, espèce de mufle ! »

— A la bonne heure, c'était tapé !

— Alors, savez-vous ce qu'il a fait, le sau-
vage ?

— Non. Dites !

— Il a tiré le cordon, et la voiture est
repartie.

— Quelle brute !

— J'avais toujours mon pied sur la
marche ; ce pied s'en allait pendant que
l'autre restait sur le pavé et mes jambes
s'écartaient... s'écartaient...

— C'est mauvais, ça.

— Je vous crois. J'ai failli être écartelée !

— Pauvre chère amie !

— Mon pied, fort heureusement, a glissé
sur la marche, et je suis tombée sur la
chaussée... Je me suis vue à deux doigts de
ma perte. J'ai fermé les yeux, et vlan !
Quelle peur j'ai eue, mon Dieu !

— Je comprends cela...

— Mais voilà-t-il pas que mon panier, que j'avais lâché dans ma chute, était resté, lui, sur la plate-forme et filait avec l'omnibus.

— Pas possible !

— Oui, ma bonne, je ne dis pas un mot qui ne soit vrai.

— Vous avez dû vous blesser en tombant ?

— Non, car j'ai eu la présence d'esprit, quand le pied m'a manqué, de saisir la jaquette du petit jeune homme. Ça m'a retenue... ma chute s'est faite lentement, en douceur, et je n'ai pas senti de choc trop violent.

— Vous avez eu plus de peur que de mal...

— Comme vous dites. Seulement, je lui ai déchiré son habit, à ce pauvre garçon ?

— Tiens, c'est vrai ! Il a un pan de sa redingote à demi entré dans la poche de son pantalon.

— C'est pour ne pas le perdre, ce pan, vous comprenez... il ne tient plus que par un fil.

— Ça fait une ouverture par laquelle on voit le fond de son pantalon. Si nous avions des épingles à lui donner ?

— Je n'en ai pas une seule sur moi.

— Ni moi non plus, malheureusement.

— Bah ! ici, ça n'a pas d'importance : ça ne se voit pas. Il n'y a que quand il se retourne.

— Oui, mais quand il va descendre dans la rue ?

— Alors, il faudra qu'il marche en tenant ses deux mains ouvertes derrière son dos. Du reste, il n'aura peut-être pas loin à aller.

— Il faut l'espérer !

— Eh bien ! que pensez-vous de ce conducteur ? N'est-ce pas honteux que les honnêtes gens soient obligés de donner leur argent, l'argent si dur à gagner, pour encore être traités de la sorte par ces insolents !

— Ne m'en parlez pas. C'est dégoûtant ! Il faudra vous plaindre à l'administration.

— Ah ! ouiche ! l'administration ! Si vous croyez que j'ai du temps à perdre pour aller là dedans !

— Notez le numéro de la voiture et écrivez.

— Dépenser trois sous pour des prunes ?

— Cependant...

— Voyons, ma chère dame, je sais bien ce que je dis. Ce serait profondément inutile. Tous ces gens-là, dans l'administration, se soutiennent entre eux.

— Avec ce raisonnement, ma chère dame, le pauvre monde est toujours maltraité.

— Bah ! Est-ce qu'il n'est pas créé pour cela, le pauvre monde ? Est-ce que ce n'est pas son rôle ici-bas de tout subir ?

— Et vous trouvez que c'est juste ? Ah ! si c'était un riche, un... banquier, un homme décoré, on lui ferait des excuses jusqu'à demain, on s'aplatirait devant lui, on...

— Oui, mais ça n'empêche pas qu'il aurait tout de même été fichu par terre !

— D'accord, mais on lui donnerait une indemnité.

— Pour cela, il faut prouver qu'on a été blessé et j'avoue que, grâce à la redingote du brave jeune homme, je ne me suis fait aucun mal.

— Ça ne fait rien, on dit qu'on souffre. La Compagnie est bien assez riche pour financer. Il me semble que nous lui donnons assez d'argent pour qu'elle nous paye quand il lui arrive de nous endommager.

— De quoi voulez-vous que je me plaigne, puisque je ne me sens mal nulle part ?

— On fait comme si on a une plaie dans le ventre. On se met la main là, et on pousse des soupirs. On dit : « Bien sûr, je dois avoir une tumeur. »

— Une tumeur ?

— Dame ! Il n'y a que les honteux qui perdent.

— Vous ne réfléchissez pas qu'on vous visite. Et si on ne découvre rien ?

— Comment voulez-vous qu'ils voient ce que vous avez dans le ventre ?

— Comment ? C'est tout ce qu'il y a de plus simple avec les instruments qu'ils fabriquent aujourd'hui !

— Quels instruments ?

— Je ne sais pas, mais il y en a pour voir partout dans le corps.

— Pas dans le ventre ?

— Si, ma bonne amie, si, dans le ventre !

— Ah ! par exemple, je voudrais voir ça !

— Faut pas crier que vous voudriez voir, puisque je vous dis, moi, que ça existe. Ils vous introduisent quelque chose...

— Par où ?

— Par la bouche, parbleu !

— Par la bouche ?

— Par la bouche ! Par la bouche ! C'est pas si bête que ça, ce que je dis. J'ai connu une pauvre jeune fille qui est morte à la fleur de l'âge, mais qui avait une maladie telle qu'elle ne pouvait rien avaler, pas même une goutte d'eau. Eh bien, on l'a entretenue pendant des mois par... l'autre côté...

— Moi aussi, j'ai connu un garçon boucher qu'on a nourri comme ça...

— Vous voyez donc que je pouvais me permettre de vous demander par où?

— Eh bien, je ne sais pas de quel côté, mais ce qu'on m'a bien expliqué, c'est qu'ils vous introduisent quelque chose, une mécanique quelconque; ils allument, et ils voient tout ce qui se passe là dedans, jusqu'au fond des entrailles.

— Ah bah!... Ça ne doit pas être beau...

— Je ne veux pas me vanter, moi je n'ai jamais vu.

— Oh! moi, je ne tiens pas à voir.

— Croyez-vous que les médecins sont forts au jour d'aujourd'hui?

— Forts? forts? Ils n'ont toujours pas encore trouvé le moyen de nous empêcher de mourir?

— Pour ça, non! Mais, vous savez, il ne faut pas crier si fort. Peut-être bien que nous verrons cela, si nous vivons assez vieux! Avec toutes les inventions du siècle, du train dont ça marche, qui peut dire où l'on s'arrêtera?

— Dites donc, madame, madame...

— Ma-
dame Gua-
minette.
— Ah !
vous vous
appelez madame
Guaminette? Moi, je suis madame Babot.
— Madame Babot ?
— Oui. Dites donc, madame Guaminette —

oh ! c'est très gentil : Guaminette. C'est un nom jeune. Il me semble que ça doit vous rajeunir de vous entendre appeler comme cela...

— Oh ! j'y suis bien habituée, allez. Ça ne me fait rien... Je n'y pense même pas... Mais vous, madame Babot, c'est bien aussi. C'est un nom sérieux. Et puis, ce n'est pas long à dire, madame Babot. Ça va tout seul, Babot, Babot ! Les enfants doivent l'épeler facilement.

— Oui, c'est un nom facile à retenir...

— Vous alliez me dire quelque chose, madame Babot...

— Moi ! madame Guaminette, à propos de quoi ?

— Je ne sais pas. Voyons, de quoi donc parlions-nous ?

— Ah ! j'y suis. C'est à propos de médecins, de savants... Je disais : « Dites donc, chère madame Guaminette, savez-vous ce qu'ils devraient inventer, ces princes de la science, comme ils s'appellent ? »

— Quoi ? chère bonne madame Babot.

— Ils devraient inventer le moyen d'enrichir le pauvre monde !

— En voilà une idée, et bonne encore ! Ce que l'inventeur gagnerait de l'argent !...

— Je vous crois !

— Alors, il n'y aurait plus de pauvres?

— Plus du tout ! Ni plus d'ouvriers?

— Non. Mais plus d'ouvrières non plus.

— Pour sûr !

— Dans ce cas, où trouverais-je des blanchisseuses pour faire marcher ma maison?

— Ça serait difficile, une fois que tout le monde aurait de l'argent.

— Il faudrait donc vivre sans changer de linge ?

— Tiens, c'est vrai !

— Eh bien, ce serait du propre !

— Que voulez-vous, on n'en mettrait plus...

— De linge ?

— Sans doute.

— On irait tout nu comme les sauvages? Ça, madame Babot, dans notre siècle de progrès, ça ne se pourrait pas.

— C'est ce que j'étais en train de me dire, ma bonne amie.

— Ma chère, ce que nous disons là, avez-vous réfléchi que ça revient au raisonnement des anarchisses, des partageux ?

— Les anarchisses, qui veulent tout bouleverser, en voilà des feignants, des gueux !

— Parbleu ! Ils voudraient faire sauter tous ceux qui possèdent pour avoir leurs biens.

— Ce qu'on devrait les fusiller !

— Tous, jusqu'au dernier !

— Si j'étais le gouvernement, il y a beau jour que ça serait fait !

— Mais le gouvernement est bien trop faible ! Il a peur...

— Comment voulez-vous qu'il en soit autrement ? C'est un tas d'ingénieurs, d'avocats, de médecins qui ne cherchent que plaies et bosses, qui vivent des misères des autres...

— Bah ! ma bonne amie, il faut vivre comme on peut, se faire le moins de bile possible, sans cela l'existence serait trop triste. Et, quand on est à son aise, quand on a de

quoi boulotter. il ne faut pas se plaindre,
n'est-il pas vrai?

— Parfaitement! Il y a encore dans la
vie de bons moments qui font oublier les
fichus quarts d'heure... Mais vous ne m'avez
pas expliqué comment vous avez fini par
monter dans l'omnibus. Vous avez pu vous
relever ?...

— C'est-à-dire qu'on m'a relevée. Des passants ont accouru ; ils m'ont prise sous les
bras et m'ont remontée sur le trottoir.

— Et l'omnibus filait pendant ce temps-là?

— Oui, avec mon panier! Vous voyez
d'ici si je me suis mise à crier!... Ah! on
m'entendait de loin, allez! Et tous ceux qui
m'entouraient ont fait chorus avec moi.

— Le conducteur a arrêté?

— Le conducteur? il faisait semblant de
ne rien voir, de ne rien entendre! Et pourtant, je vous donne mon billet que nous fai-
sions du potin! Fort heureusement, le bon
petit jeune homme a encore une fois tiré
le cordon, pendant que les autres voyageurs
de la plate-forme arrangeaient le conducteur

de belle façon et que ceux de l'impériale, tous debout, criaient au cocher d'arrêter.

— Enfin, le conducteur a fini par vous laisser monter?

— J'aurais voulu voir qu'il essayât de m'en empêcher, après cela!

— Qu'est-ce qu'il vous a dit, quand vous êtes montée?

— Rien! Il ne m'a pas seulement demandé si je m'étais fait du mal. Il a aussi bien fait du reste, car, s'il m'avait adressé la parole, je l'aurais cloué un peu proprement. Une fois que j'ai été installée ici, à ma place, c'est alors seulement que je lui ai dit tout ce que j'avais sur le cœur, que c'était un feignant, un lâche, un propre à rien, une brute!

— Que vous avez eu raison! Il est bon, à l'occasion, de montrer à ces gens-là qu'on n'a pas peur d'eux. Comme ça, il n'a pas voulu vous aider à monter sur le marche-pied?

— Si! pour être franche, je dois avouer que si! Il voulait... mais je l'en ai empêché, je lui ai défendu de me toucher. Moi, devoir quelque chose à cet insolent? Ça m'aurait brûlé la gorge de lui dire merci! Et puis, ma chère amie, ces conducteurs ont des **manières** avec les femmes, des manières! Avez-vous remarqué qu'ils vous prennent toujours là, sous le bras? Et ils vous chatouillent..., ils vous chatouillent que c'en est inconvenant! Moi, je ne peux pas souffrir cela.

— Si je l'ai remarqué! Je vous crois, que je l'ai remarqué! Des fois, ils vous pressent les bras, — ici, sur le gras, que c'est indécent, comme vous dites. — Ça m'énerve, quand ils me caressent ainsi le bras, ça m'énerve!

— Ça prouve que nous sommes des honnêtes femmes!

— Sans compter que si vous avez une toilette fraîche et claire, de nuance délicate, leurs gros doigts, toujours sales, marquent sur l'étoffe...

— Comme c'est agréable!... Tiens! nous sommes à la station du boulevard des Italiens...

— Oui. C'est là que vous descendez?

— Oh ! non. Je vais au bout de la ligne.

— Tout au bout ? Comme moi, alors...

. . . .

Je ne pus saisir la suite, qui se perdit dans le bruit.

L'omnibus stoppe devant le bureau où attendent quelques voyageurs assaillis par les camelots beuglant de tous côtés et sur tous les tons. — « Demandez, le salut du Président ! C'est joli et bien fait ! Demandez... » — « Le *Soir !* Dernières nouvelles de la Chambre ! Le *Soir !* » — « Trente morceaux de musique par nos plus célèbres compositeurs, pour deux francs ! Mozart, Meyerbeer, Beethoven, Gounod, Ambroise Thomas, Wagner.... pour quarante sous ! Ça vaut dix fois plus ! C'est pour rien ! L'album complet, quarante sous

seulement ! » — Et celui-là récite son boni-
ment interminable d'une voix plaintive, dési-
gnant à la queue leu leu
les trente morceaux des
plus illustres composi-
teurs en tournant de la
main droite tous les feuil-
lets de l'album posé sur
son bras gauche. — Un
autre, appuyé sur un can-
délabre, vociférant : « Le
Zour! Demandez le *Zour!*
par Çarles Laurent ! le
Zour! dix centimes ! » —
Un autre encore passe
lentement avec, sur les
bras, une pile de livres

à couvertures variées : « Les romans de nos
meilleurs auteurs! soixante centimes au lieu
de trois francs cinquante ! C'est donné ! Tenez,
monsieur, regardez, ne vous gênez pas, la vue
n'en coûte rien !... Choisissez, madame, tout
à soixante centimes, on peut toucher !...
Voyez, voyez, c'est tout pour rire ! »

Puis, de temps en temps, un pâle voyou braille en courant : « Résultat complet des courses ! » C'est le camelot pressé. Il paraît et disparaît, le temps de lancer son cri assourdissant.

Notre conducteur n'est pas inactif pendant ce temps-là. Après avoir marmotté d'une voix de fausset, et de façon tout à fait inintelligible, une foule de noms de lignes ayant, au bureau où nous sommes, droit à la correspondance, il réclame un contrôleur d'un coup de sifflet strident et commence l'appel des numéros...

— 34, 35, 36... Quoi ? Vous avez le 29, madame ? fallait le dire tout de suite. Est-ce que je peux le deviner ? Allons, montez, dépêchons-nous !... Non, pardon, attendez !... Y a-t-il des numéros avant le 29 ? Non ? Alors, montez, madame, mais montez donc, nom d'un chien ! nous n'allons pas coucher ici !... 30, 31, 32, 33, 34... il n'y a pas avant le 34 ?

Non ? Allons-y, 34... montez, monsieur ! 35,
36, 37... montez, montez !... vous n'avez pas

de correspondance?... 38, 39, 40... votre numéro! Merci; votre correspondance au contrôleur! oui, au contrôleur!... Ah! a-t-il l'air
abruti, celui-là!... A un autre! 41, 42, 43...
43! Oui, en haut, en bas, où vous voudrez,
mais finissez-en, saperlipopette!... 44, 45...
C'est complet à l'impériale! à l'intérieur maintenant!... 46... Entrez! Non, pas en haut, il
n'y en a plus, c'est complet, je viens de vous
le dire... en bas seulement! Mais puisque
c'est complet à l'impériale! Combien faudra-
t-il vous le dire de fois?... Hein? Que je sois
poli! Il me semble que je le suis, poli!...
C'est vous qui êtes un insolent... Encore une
fois, voulez-vous monter, oui ou non? Oui.
Ah! ce n'est pas trop tôt! Oh! là, là, quelle
moule!... 47, 48, 49, 50!... Complet! C'est
complet! Voyons, vous, descendez, je vous
répète que c'est complet... Vous avez le 51?
Je le vois bien parbleu! mais je n'ai plus de
places! Hein?... Vous n'êtes pas grosse? Tant
pis, c'est complet, je ne vous prends pas. Allons, madame, descendez! Je n'ai pas envie
d'avoir une contravention pour vos beaux

yeux ! Ah çà ! voulez-vous descendre ? Enfin !
En voilà une qui est crampon !

Et, disant cela, dring !
dring ! dring !... Le conducteur
tire son cordon de grands coups
saccadés sans remarquer qu'il donne du coude
à chaque fois dans le bouquet du bon jeune
homme qui, lui, se tortille le cou pour s'as-

surer que l'accident arrivé à son vêtement n'est pas trop visible.

La voiture s'ébranle et nous repartons dans le brouhaha du boulevard des Italiens.

Les deux derniers voyageurs qui viennent de monter ne sont pas encore casés. C'est d'abord une ravissante brunette qui, en passant devant moi précipitamment, me saute sur les pieds et renverse ma canne. Elle s'excuse en rougissant un peu et va se placer tout au fond de la voiture. Je la suis de l'œil et je pense que, devant ce joli brin de fille si fraîche et si rose, ma vue va se reposer du spectacle peu attrayant des deux laiderons qui jacassent comme des pies en face de moi, continuant à se lier d'une étroite amitié. Mais je m'aperçois vite, avec un peu de tristesse, que j'en serai pour mes frais. Près de la jeune et charmante voyageuse vient s'asseoir un intrus qui eût désiré rester à l'air, mais que le conducteur refoule dans l'intérieur ; c'est un énorme bourgeois de cent cinquante kilos, au moins. La pauvre enfant disparaît derrière la ridicule rotondité de ce personnage mastodontal. J'ai

beau me disloquer, l'abdomen proémine au point de masquer tout, tout. Je ne distingue, en bas, que deux petits petons mignonnement chaussés, gentiment posés l'un sur l'autre, et découvrant un de ces bas de jambe d'un galbe, d'un modelé ! C'était exquis ! Rien de plus comique, à côté des extrémités hippopotamesques du bourgeois ventru.

L'omnibus tourne dans la rue Le Peletier et reprend une vive allure, la rue étant déserte, ou à peu près, à cette heure avancée. La plupart des voyageurs bâillent et somnolent. Le gros rentier essaye de faire de l'œil à son amour de voisine, mais il n'y peut parvenir, le gluant empâtement de son cou ne permettant pas les mouvements rotatifs de la tête nécessaires pour ce genre de stratégie. Il ne réussirait qu'en tournant son corps tout d'une pièce, mais sa partie postérieure est trop fortement comprimée dans une stalle insuffisante. C'est même miracle qu'il ait pu la caser toute là dedans, le contenu étant plus volumineux que le contenant, ce qui semble, à première vue, contraire aux lois de la phy-

sique. Mais ce contenu était fait, sans doute,
de matière flasque
et molle qui se ré-
pandait par les
ouvertures,
débordant en
dessus et en
dessous des

traverses en
bois qui man-
quaient ainsi
à leurs devoirs
limitatifs.

Impuis-
ner, le gros

sant à se tour-
homme roulait des
yeux aux prunelles extraordinairement dila-
tées, dans la direction de sa voisine. Il en

louchait abominablement et soufflait comme
un cachalot. Mais il ne pouvait probablement
atteindre la bonne direction, malgré de vi-
sibles efforts, car ses regards incendiaires
agissaient sur une sorte de femme de chambre ou de nourrice sèche entre deux âges,
qui se trouvait assise sur la banquette oppo-
sée, un peu sur sa gauche. Celle-ci, fort intimidée, ne savait plus quelle contenance
tenir. Rougissante, elle tenait les yeux baissés
sur ses genoux, qu'elle caressait des deux
mains, pour avoir un maintien. Et le gros
soufflait toujours! Mais bientôt, abandon-
nant tout espoir de conquête, ses paupières
se joignirent. Il s'endormit.

A part les bruits agaçants des essieux et les
ronflements de l'intérieur, on n'entendait plus
dans cette solitaire rue Le Peletier que les
clapotements ininterrompus des langues de
nos deux commères d'en face, sur leurs palais
desséchés.

C'est madame Babot qui s'exclame. Elle
semble jubiler, cette bonne madame Babot.

— Comme ça se trouve, madame Guaminette, comme ça se trouve, ma chère amie, nous sommes presque voisines !

— En effet, j'habite au 40, dans la maison de l'épicier, c'est presque en face du 33. Je le vois d'ici, votre 33. C'est une maison de belle apparence. ravalée à neuf. Elle a deux boutiques au rez-de-chaussée, l'une occupée par un pharmacien droguiste, et l'autre par un marchand de vin.

— C'est bien ça, vous y êtes. Eh bien, mon logement est au cinquième.

— C'est un peu haut.

— Possible, mais j'ai de la lumière et de l'espace.

— Il est vrai que plus on se rapproche du ciel, plus le jour est pur.

— Et veuillez considérer que j'ai six fenêtres !

— Six fenêtres !

— Six fenêtres ! Deux sur la rue et quatre sur le derrière !

— Quatre sur le derrière !

— Oui, ma chère !

— Mâtin ! vous ne devez pas manquer d'air, alors...

— Dame ! parfois ça souffle ! mais j'aime
ça, moi. Il me faut de l'air. Si j'étais dans un
petit logement sans fenêtres, il me semble
que j'étoufferais.

— Quand on a le moyen, on a bien raison
de se bien loger. Il faut qu'on se plaise
chez soi, n'est-il pas vrai ?

— Oui, l'habitation avant tout. J'aimerais
mieux me priver sur autre chose, sur ma
toilette, par exemple...

— Je vous accorde ça, mais pas sur la
nourriture, cependant...

— Oh ! je ne suis pas une grosse man-
geuse.

— Dites donc, ma bonne amie, je lui
reproche quelque chose à votre maison.
Savez-vous ce que je lui reproche ?...

— Je m'en doute. C'est son voisinage.

— Eh bien, oui ! J'aime mieux vous le dire
tout de suite, parce que, voyez-vous, quand
j'ai quelque chose sur le cœur, je ne peux
pas le garder ; il faut que ça sorte. Comme
ce voisinage doit vous gêner !

— On le croirait, n'est-ce pas, qu'il est

gênant. Eh bien, pas du tout.
Dans les commencements, ça
m'horripilait de passer devant ce
gros numéro. Il m'attirait. Maintenant ça ne me fait plus rien.
Je passe sans regarder. Et puis,
comme il est à côté de ma maison, je ne vois rien et je n'y
pense pas.

— C'est juste !

— Ça me contrarierait da-
vantage si c'était
en face de ma
fenêtre.

— En effet,
les voisins d'en
face n'ont pas
un riche spec-
tacle. Ils ne doi-
vent pas laisser
leurs jeunes
filles aux croi-
sées, hein?

— Les gens

d'en face? Je les connais à peine. D'ailleurs, je ne voisine pas.

— Oh! moi non plus, j'ai horreur des bavardages, des cancans...

— A part mes fournisseurs et une quinzaine d'amis, je ne vois personne.

— C'est curieux! Nous avons la même existence. Je crois que nous sommes faites pour nous entendre. J'espère que nous continuerons ces bonnes relations...

— Je l'espère aussi, ma chère dame.

— Je ne suis pas curieuse, je vous assure, mais c'est égal, je voudrais bien savoir comment c'est arrangé dans cette maison. Ce doit être ignoble. On n'y fait pas trop de bruit? Vous n'êtes jamais réveillée, la nuit?

— Du bruit? jamais! C'est parfaitement tenu, cet établissement. On n'entend jamais rien. Je vous jure que c'est plutôt un voisinage agréable. C'est plus calme qu'un couvent.

— Alors ce n'est pas comme l'école des filles qui est sous mes fenêtres. C'est là qu'elles en font, du potin!

— Bah ! chère madame Guaminette, il faut bien que jeunesse s'amuse !

— Vos voisines, à vous, s'amusent autrement ?

— Croyez-vous, ma chère, qu'elles s'amusent ? Moi, je ne le crois pas. Je les plains, les pauvres !

— Vous plaignez ces créatures ?

— Parfaitement ! C'est une vie impossible qu'elles mènent, une vie de recluses. Elles ne sortent jamais, ne voient jamais le soleil. Elles sont obligées de faire les gentilles avec le premier salaud venu, même si l'envie leur prenait plutôt de cracher dessus. Tenez, je suis écœurée rien que d'en parler.

— Ce sont des misérables !

— Possible, mais plus à plaindre qu'à blâmer. Pour moi, si j'étais condamnée à faire ce métier-là, j'aimerais mieux... j'aimerais mieux me couper les... mamelles !...

— Parbleu ! vous êtes une honnête femme !

— Eh bien ? Qui vous dit qu'elles ne seraient pas, elles aussi, des honnêtes femmes, si elles n'étaient pas des catins ?

— C'est vrai pourtant, ma chère madame Babot, vous avez parfaitement raison.

— Ah ! nous voici au bureau de la rue de Châteaudun.

— Il n'y a pas grand monde, ce soir.

— C'est qu'il se fait tard, savez-vous ?

— Je crois bien. Dix heures et demie ! Cela ne m'arrive pas souvent d'être encore dehors à cette heure-ci. Je viens de chez une cliente qui reste près du Louvre. Comme elle va partir en voyage, il faut que je lui blanchisse ça tout de suite.

— Vous êtes blanchisseuse de fin ?

— De fin et de gros ! Je blanchis en tous genres. Je suis propriétaire de la blanchisserie qui est au numéro 40, au fond de la cour. Et vous, qu'est-ce que vous faites, sans indiscrétion ?

— Moi, madame Guaminette, je fais des corsets à façon pour une grande maison du quartier Poissonnière.

— Ah !... C'est un bon métier. Il paraît que c'est fameux comme produit !

— Oh ! couci, couça. Ça dépend des saisons. Cependant, je n'ai pas trop à me plaindre. Ça boulotte... comme on dit.

— Allons, je suis bien contente...

— Encore une ou deux petites années comme les dernières, et j'aurai mis de côté une jolie dot pour ma fille.

— Vous avez une fille?

— C'est pas une fille, c'est une perle !

— A marier?

— A marier? pas si vite ! Elle n'a que dix-sept ans, et je ne veux pas m'en séparer. mais enfin, je songe à l'avenir.

— Et vous n'avez que cette enfant?

— Oui, ma bonne, oui. Il ne me reste qu'elle. Oh ! j'ai été bien éprouvée ! J'avais un amour de petit garçon. Je l'ai perdu dans d'horribles convulsions à dix mois et demi, deux jours après la mort de mon pauvre homme.

— Vous êtes veuve, comme moi?

— Hélas ! oui, je suis veuve. Mon Victor était charpentier. Il est tombé du haut d'une maison et il s'est tué net. A ce moment, je nourrissais le petit. J'ai été tellement saisie

quand on m'a rapporté le corps, méconnaissable à force d'être mutilé, de mon cher époux, que mon lait a tourné. L'enfant a souffert, tellement souffert que quarante-huit heures après, il mourait dans d'atroces souffrances.

— Quelles épreuves, ma chère dame !

— Oh ! oui ! Tenez, les larmes me reviennent quand je pense à ces malheurs. Je l'aimais tant, mon Victor ! Il était si bon, si beau, si affectueux ! Et j'étais déjà si attachée à mon petit Jules, à mon Julot, comme nous disions ! Et le bon Dieu me les a enlevés tous les deux en même temps, presque le même jour !

— Oh ! c'était trop !

— N'est-ce pas que c'était trop pour une pauvre femme comme moi? J'ai cru que je ne pourrais pas supporter tant d'adversité...

— Il me semble que, moi, je n'aurais pas pu. J'en serais morte...

— Mais j'ai été bien malade, vous savez! J'ai eu une fièvre de cheval; j'ai déliré pendant cinq à six jours; ma fille était là, heureusement. Sans elle...

— Vous devez la chérir doublement.

— Si je la chéris! triplement, ma chère, dites triplement! Mon Angèle, c'est ma vie, c'est plus que ma vie, c'est... tout!

— Ça vous coûtera de la marier?

— Dame, je l'avoue, ça me serrera le cœur de m'en séparer. Pourtant, ça dépend du parti qui se présentera, car je veux son bonheur avant tout, à cette enfant. Si elle tombe sur un brave garçon, sage et travailleur, je serai la plus heureuse des mères et... la meilleure des belles-mères. J'aimerai bien mon gendre tout de même, je lui pardonnerai de m'avoir pris ma fille.

— Et s'il vous donne de beaux petits-enfants ?...

— Oh ! je les adore déjà, eux !...

— Je vous souhaite, madame Babot, de tomber sur un gendre parfait, qui fasse le bonheur de votre Angèle...

— Ne craignez rien, je veillerai !

— Oh ! il ne suffit pas de veiller — on est souvent trompé. La plupart du temps, on ne s'aperçoit du caractère que quand tout est consommé. Le mariage, c'est une loterie. Une fois que le maire y a passé, rien à faire ; on n'a plus qu'à s'incliner, à souffrir...

— A souffrir ? Vous croyez que je laisserais souffrir mon Angèle ? Ah ! non, par exemple ! Je l'aurais élevée, choyée, dorlotée jusqu'à vingt ans pour, après, qu'elle soit malheureuse en ménage ! Cela ne sera pas !...

— Mais vous n'y pourrez rien, si elle a un mauvais mari...

— Vous croyez donc que je m'en vais la jeter à la tête du premier chien coiffé venu ? Que nenni ! Mon futur gendre ne sera admis à faire sa cour qu'après que je le connaîtrai bien à fond. Il sera épluché sur toutes les coutures, passé au crible, et le jour où je mettrai la main de ma fille dans la sienne, c'est que je serai sûre de lui, vous pouvez m'en croire !

— Très bien ! très bien ! cela est d'une bonne mère et Dieu sait si je vous approuve. Mais il faut compter avec l'hypocrisie des hommes. Quand ils nous font la cour, ils sont toujours charmants, doux comme des moutons ; on leur donnerait à tous le bon Dieu sans confession ; ils n'ont que des qualités ! Ce n'est qu'après que leurs vices se font jour...

— Écoutez, madame Guaminette, je ne

suis pas méchante, oh ! non, jamais je n'ai fait de mal à une mouche, mais si je tombe sur un mauvais gendre, si c'est un coureur, un fainéant, un... un... gredin, en un mot, dans ce cas, je le tue comme un chien !

— Il ne faut pas penser à cela. Votre fille sera heureuse, j'en suis convaincue...

— Je l'espère bien ! Aussi je lui prépare tout doucement, sans rien dire, un gentil petit trousseau. En outre, elle aura, pour se mettre en ménage, cinq bons billets de mille francs que j'aurai économisés, s'il ne me survient pas de mal.

— Mâtin ! c'est coquet !

— Avec cela, elle trouvera, j'espère, un parti d'importance. Elle pourra choisir, d'autant plus qu'elle est jolie comme un cœur !

— Elle est brune ?... blonde ?...

— D'un joli blond, tirant un peu sur le roux. Elle a des cheveux superbes avec des reflets d'or comme la crinière d'un lion...

— Ça doit être magnifique !

— Du reste, pour tout dire, elle me ressemble beaucoup, mais en mieux...

— Vous avez dû être bien, vous, quand vous étiez plus jeune ?...

— Pas trop mal. Je me suis laissé dire que je n'étais pas trop mal, mais cependant moins bien que mon Angèle. Si vous voyiez, ma chère, quel succès elle a quand nous sortons. Dans la rue, tous les hommes la regardent en nous croisant, et, quand nous sommes passées, ils se retournent pour l'admirer encore par derrière...

— Pourvu que ça ne lui donne pas de l'orgueil !

— De l'orgueil ? Ma fille, de l'orgueil ? Elle est modeste comme la violette, innocente comme l'agneau qui vient de naître.

— Elle ne se doute seulement pas qu'elle est jolie et elle n'est pas coquette pour deux sous ! Ces manèges des hommes, elle n'en a pas conscience. — C'est moi qui vois cela, parce qu'une mère a des yeux partout, qu'elle voit tout. . . . .

. . . .

Le reste de la phrase se perd dans le vacarme, car nous sommes arrivés à la place

Clichy que des voitures sillonnent en tous sens, tramways trompettant, fiacres chargés de bruyante jeunesse se rendant vers les nombreux lieux de plaisir de Montmartre : bals, beuglants et cabarets. Trois énormes voitures de la Compagnie Richer font à elles seules plus de bruit que tous les autres véhicules réunis, dans leur manœuvre de mise en batterie devant une des maisons de la place. Les fouets s'agitent dans l'air avec des bruits de fusillade, les chevaux se cabrent en hennissant et les jurons, parmi lesquels se détachent celui qu'a illustré Cambronne, sont lancés avec une libéralité, une maëstria bien faites pour prouver que cela ne coûte rien aux cochers de la bruyante et nauséabonde Compagnie Richer.

Notre véhicule se vide complètement et personne ne vient remplacer les partants. Nous approchons du point terminus. Mes deux commères restent seules, nez à nez, absorbées complètement par leur intarissable bavardage.

Le militaire, secoué comme un prunier par

le conducteur, ouvre les yeux, murmure un
« Voilà ! voilà ! » s'étire et, mal réveillé,
prend terre avec les flageolements d'un
homme ivre. Restant planté au beau milieu
de la place, il tourne sur lui-même, en tous
sens, en se frottant les yeux comme pour
chercher, d'un regard stupidement vague,
un point de direction. Bientôt il se retrouve,
car je le vois filer, au pas gymnastique, vers
le boulevard des Batignolles. Tel, le pigeon
voyageur, une fois sa direction assurée.

C'est maintenant le galant hippopotame
qui nous quitte. Avec beaucoup de difficulté,
il est sorti de sa stalle, tout grimaçant sous
l'effort, il s'est transporté pesamment jusqu'à
la plate-forme et de là, il s'est abattu sur le
pavé, soufflant et geignant. Avec des regards
inquiets de droite et de gauche, il se préci-

pite... lentement, lourdement, vers le refuge central, mais il ne l'a pas encore atteint qu'un petit rire sec éclate derrière lui dans un frôlement qui l'arrête et lui fait tourner la tête. C'est sa jolie voisine de l'omnibus qui, très légèrement, est descendue derrière lui, et qui probablement se venge, par ce petit mouvement de gaieté moqueuse, des compressions qu'il a exercées sur elle durant le voyage. Cela fait, laissant mon bonhomme ahuri et charmé tout à la fois, elle part d'une vive allure de trottin en retard, jupe relevée, et traverse la place dans la direction de la rue de Clichy, où elle ne tarde pas à disparaître.

L'étonnement du gros monsieur a été de courte durée. Cette frimousse maligne et éveillée, ce rire provocant et peut-être aussi la délicieuse cambrure de cette jambe dont je m'étais régalé tout à l'heure, tout cela et d'autres choses encore l'émoustillent à ce point qu'il abandonne le refuge auquel il allait atteindre. Aussi rapidement que sa masse le lui permet, il fait volte-face et,

perdant toute prudence, ne
s'occupant pas plus des dan-
gers d'écrasement que s'il ma-
nœuvrait seul sur la
vaste place, le voilà
parti en courant sur
les traces du char-
mant diablo-
tin. Arrivé
rue de Cli-
chy, à l'encoi-
gnure de la pla-
ce, il reste en
détresse. Je sai-
sis, par sa pan-
tomime, qu'il a
perdu les tra-
ces, qu'il ne sait
plus où aller.
Ses regards
se font
anxieux ;
ils fouil-
lent dans

toutes les directions. C'est en vain, sans doute. Pris de découragement, son beau feu s'en va, non en fumée, mais en eau. Il tire un long mouchoir de la poche de sa redingote et se l'applique sur le front, se le promène sur le sommet de la tête, se l'enfonce dans le cou. Cet effort trop considérable l'a congestionné, fourbu. Son inutilité l'a brisé. Il faut qu'il souffle... Il souffle !

— Ah ! un cri d'effroi m'échappe.

— Qu'y a-t-il ?... s'exclament mes commères — interrompues soudain dans leur papotage.

— Tenez !...

De la main, je leur montre le gros voyageur. Pendant qu'il s'épongeait, un fiacre, rempli de joyeux viveurs, fondait sur lui ventre à terre. Je voyais déjà sa masse renversée, piétinée, roulée, écrabouillée ! — C'est miracle que le cocher ait pu retenir à temps son cheval. La bête se cabre à deux pouces du dos du bonhomme. Celui-ci cependant ne se doute pas qu'il vient de courir un danger de mort. Soufflant tout en s'épon-

geant et s'épon-
geant tout en
soufflant, il faut croire qu'il fait
un certain bruit qui l'assourdit lui-même, car
il semble ne rien entendre. Alors le cocher se
met à tempêter et à jurer, que c'est une
bénédiction. Cela fait retourner notre bonhomme. Il se trouve nez à nez avec le cheval

qui hennit sous la dure pression du mors.

— Voyons ! s'écrie-t-il en reculant effrayé, faites donc attention, animal ! vous allez m'écraser !

— Animal ? hurle le cocher... Il m'appelle encore animal, ce paquet-là ! As-tu fini de te sécher au milieu de la chaussée ?

— Paquet ? Je vais vous faire arrêter, insolent !

— A quelle heure qu'on te couche, gros pansu ? Me faire arrêter ? J'aurais aussi bien fait de te dégonfler ton ballon ! Allons, efface-toi que je passe !

Et poussant son cheval, il repart au galop, au milieu des éclats de rire des fêtards, hommes et femmes, qui emplissent sa voiture.

Tout cela avait duré beaucoup moins de temps que je n'en mets à le narrer.

Notre omnibus s'ébranla enfin, et mes compagnes recommencèrent de plus belle à jacasser.

— Hein ! ma chère, disait madame Guaminette, la blanchisseuse... Hein ! croyez-vous qu'ils sont brutes, ces cochers de fiacre ! Pour eux, notre peau n'est pas plus que celle d'un chien !

— Le fait est, ma bonne, que ce monsieur a bien failli être écrasé. Et c'est l'autre qui l'attrapait, encore ! Il aurait dû appeler un sergent de ville et faire conduire le fiacre à la fourrière !

— Oui, mais vous avez vu comme il s'est tiré des pattes, le cocher !

— Moi, à la place du bourgeois, j'aurais pris le cheval par la bride et je l'aurais mené au premier gardien de la paix que j'aurais rencontré...

— Des gardiens de la paix, on n'en trouve jamais quand on en a besoin. Était-il bête, ce gros bourgeois ! il ne trouvait rien à répondre...

— C'est probablement qu'il était dans son tort...

— Quand même, ma chère dame, ce n'était pas une raison pour que le cocher l'écrasât...

— Évidemment, ma bonne, évidemment,

mais il y a des gens si bêtes ! des gens qui ne font attention à rien, qui passent au milieu des voitures, ou qui causent en pleine chaussée. Ils font tout pour attraper un accident, et puis après ils se plaignent ! N'est-ce pas leur faute, après tout ?

— Sans doute !

— Oh ! je ne crie pas tant que cela après les cochers, moi ! Il y en a qui sont de très braves gens et la plupart du temps c'est de la faute des piétons, si on les écrase...

— Évidemment, si on faisait toujours attention, il n'y aurait pas d'accident.

— Parbleu ! Est-ce que j'ai jamais été écrasée, moi ?

— Moi non plus !

— Vous voyez bien ! Pourtant voilà plus de vingt-cinq ans que je traîne mes guêtres à travers Paris...

— Et moi, à peu près autant.

— Pardon, ma chère amie, vous étiez tout à l'heure en train de me dire que vous êtes veuve, vous aussi...

— Oui, depuis la guerre. Mon mari a

péri pendant la Commune. Il faisait de la
politique. Comme c'était un homme très intelligent et qui parlait très bien, qui avait de
grands succès dans les réunions, on l'avait
nommé colonel d'état-major dans la Commune. Je savais bien que ça tournerait mal
et j'ai voulu le dissuader de prendre des ga-
lons, mais il m'a expliqué qu'un homme
d'honneur se devait à son parti et qu'il ne
pouvait se dérober au moment d'assumer la
responsabilité d'un grand commandement.
Alors j'ai répondu que je sentais qu'ils
seraient battus par les Versaillais et qu'il
fallait agir avec prudence.

— Vous aviez bien deviné.

— Eh bien, si nous sommes battus, a-t-il
ajouté, nous mourrons tous en criant : « Vive
la République ! » Car il paraît que la République, c'était la Commune, tandis que les
Versaillais, c'était la monarchie ramenée par
les Prussiens...

— Quelle triste époque !

— Oh ! oui. Quel moment j'ai passé quand
on m'a appris que mon mari avait été pris par

les troupes de Versailles, emmené par elles et condamné à mort !

— C'est épouvantable !

— J'en ai fait une maladie qui a duré plus de deux mois.

— Et vous êtes restée seule, sans enfant?

— Pardonnez-moi, j'avais un petit garçon de quatre ans à peine...

— Que vous avez perdu?

— Mais pas du tout. Il n'aurait plus manqué que ça ! Il vit toujours, mon Antoine, et je vous assure qu'il n'a pas envie de mourir. C'est un magnifique gars de vingt-cinq ans, bâti en hercule et solide, je vous en réponds !

— Oh ! c'est curieux ! vous avez un garçon de vingt-cinq ans, moi j'ai une fille de dix-sept ans ! Savez-vous que ça pourrait faire un mariage?

— Dire que j'ai eu tout à l'heure la même idée !

— Vrai ?

— Parole !

— Le fait est que ce serait drôle, tout de

même, d'avoir préparé le mariage de nos enfants en omnibus...

— On aurait vu des choses plus extraordi-
naires...

— Après tout, s'ils se conviennent et si la
position...

— Pour ce qui est de la position de mon
garçon, elle n'est pas vilaine. Il est conducteur dans une imprimerie et gagne ses quinze
francs par jour. Quant au physique, Antoine
est ce qu'on appelle un bel homme : grand,
fort, avec une belle barbe blonde. C'est tout
le portrait de son père. Il n'a de moi que le
front et les yeux, enfin tout le haut du visage.
— ce que j'ai de mieux — et il a tout le reste
de son père...

— Qui vivra verra...

— Pardon, ma bonne amie, nous sommes
arrivées...

— C'est vrai ! Oui, tenez, voyez-vous ma
maison, là ?... Conducteur ! arrêtez !

— Hein ! c'est étonnant comme le temps a
passé vite !

— Parbleu ! Quand on cause... Mais arrêtez

donc, conducteur !...
Ah ! enfin !... Passez,
ma chère...

— Non, après
vous...

— Je n'en ferai
rien... passez d'a-
bord...

Alors le con-
ducteur impatiente :

— Voyons, allez-
vous vous décider ?

Madame Gnami-
nette lui lance un
regard chargé d'élec-
tricité. Elle va l'in-
vectiver, sans doute,
mais, se ravisant,
elle se contente de
hausser les épaules
et, se tournant vers
madame Babot qui est
debout derrière elle :

— Descendez la première, je vous

en prie. Il faut que je prenne mon panier.

— Alors, c'est bien pour vous obéir...

Le conducteur risque une nouvelle observation :

— Enfin, ce n'est pas trop tôt ! J'ai cru que nous allions coucher là !

Mais madame Babot lui rive son clou.

— Gardez vos observations pour vous, jeune homme ! Est-ce que nous vous parlons, nous ?

— Laissez donc, ma bonne, clame madame Guaminette dans l'essoufflement des efforts qu'elle fait pour soulever son panier, ne répondez pas...

— Attendez, attendez, madame Guaminette, je vais vous donner un coup de main. Prenez un côté, moi je prends l'autre...

Elles descendent enfin, soulevant le colis chacune par un bout et, une fois sur la chaussée, marchant sur la même ligne et toujours bavardant, elles disparaissent bientôt dans la nuit.

Mais me voilà seul dans la voiture. Il se fait tard, plus rien ne m'intéresse. Filons.

Aussitôt dit, aussitôt fait. Une fois dans la rue, un fiacre passe à vide. Je le hèle. Il s'ar-

rête court. Je saute dedans en jetant au cocher mon adresse. En route pour le Luxembourg! Une demi-heure après, j'étais chez moi, dans mon petit cabinet de travail, au milieu de mes chères estampes, souvenirs des Courtry, des Géry-Bichard, des Muller et autres aquafortistes amis. Et, accoudé à une fenêtre ouverte sur le vieux jardin endormi, le regard perdu dans l'enfilade des vieilles allées mystérieuses, doucement bercé par le bruissement du feuillage; je rêvais. A quoi? Le sais-je? Le propre du rêve, son charme, n'est-il point de rester inexpliqué?...

Je rêvais et... j'étais heureux. Heureux de quoi? De rien, de tout. J'étais heureux parce que j'étais heureux.

Ne vous arrive-t-il pas, comme à moi, d'être parfois heureux sans savoir pourquoi, et aussi d'être malheureux, sans raison apparente? Vous trouvez cela ridicule, moi pas.

Enfin, passons, mon histoire est finie...

.

Eh! oui, je la croyais finie, mon aventure

de l'Odéon-Batignolles-Clichy. J'avais totalement oublié mes deux voyageuses depuis trois mois et plus qu'elles m'avaient raconté leurs petites histoires de famille pendant le trajet de l'omnibus.

Les traits de la respectable madame Babot m'étaient totalement sortis de la mémoire et ceux de l'imposante madame Guaminette s'étaient complètement évanouis, quand un incident tout fortuit se chargea de me les remémorer.

Je vais vous narrer cela.

Tout dernièrement, j'étais à l'imprimerie Lahure.

M. Bauche, le très aimable et très actif associé d'Alexis Lahure, m'avait donné l'hospitalité dans son bureau pour corriger des épreuves, et nous corrigions avec acharnement, quand quelqu'un vint nous déranger. La porte fut poussée timidement après une demi-douzaine de petits coups d'appel frappés avec l'index et restés sans réponse, car mon voisin était absorbé par son travail. Une brave femme entra, une femme que je ne connaissais pas,

sans doute, mais dont les traits néanmoins ne
m'étaient pas totalement inconnus. Une personne dont on dit : « Il me semble que j'ai vu
cette tête-là quelque part. » Alors l'esprit travaille, on cherche, on se répète : « Où donc
ai-je vu cette tête-là ? » Et on n'est pas content
tant qu'on n'a pas trouvé.

La dame, toute *boitaillante*, s'approche de
l'administrateur, le salue gauchement :

— C'est à monsieur Bauche, dit-elle, que
j'ai l'honneur de parler?

— Oui, madame, mais veuillez attendre un
peu. En ce moment, je suis très occupé. Dans
quelques minutes je vous recevrai et je serai
à vous.

La dame s'en allait tout intimidée.

— Pardon, mon cher monsieur Bauche, lis-
je, ne vous gênez pas pour moi. Ne faites pas
attendre cette brave dame...

J'étais curieux comme une fille d'Ève. Je
n'aurais plus été capable de lire trois lignes
avant d'avoir mis le nom sur le visage de
cette visiteuse que je ne connaissais pas et
que cependant je reconnaissais.

Et comme M. Bauche s'était tourné vers
moi :

— Oui, oui, insistai-je, recevez madame
tout de suite, je vous en prie. Cela ne me
gênera pas.

J'aurais voulu que vous vissiez à ce moment
la bonne figure qu'éclairait un sourire recon-
naissant.

— Approchez, madame, et veuillez vous
asseoir, fit M. Bauche.

La bonne femme s'approcha et chercha un
siège, mais comme ceux que nous n'occupions
pas, M. Bauche et moi, étaient tous surchargés
de papiers, d'épreuves, de clichés et d'autres
choses encore, elle resta debout en face de son
interlocuteur qui lui demanda :

— Que puis-je pour votre service?

— Voici, monsieur, je viens pour une
affaire personnelle, c'est pour des renseignements...

— Voulez-vous me dire votre nom?

— Au fait, c'est vrai... je ne vous ai pas
seulement dit mon nom... Où ai-je la tête,
mon Dieu!... il est évident que vous ne me

connaissez pas…
Je suis madame
Babot….. Je de-
meure…

— Madame Ba-
bot ! m'écriai-je.
Ah ! parfait ! Je me souviens maintenant…
Je vous connais…

— Vous me connaissez ?…

— Oui, oui, mais parlez, parlez ! Je vous
expliquerai tout à l'heure… Ne faites pas
attendre M. Bauche…

— Je disais donc, monsieur, répéta-t-elle,

que je suis madame Babot. J'ai une fille,
monsieur, une fille accomplie, une vraie
perle, sage, économe, travailleuse...

— Je vous demande pardon de vous inter-
rompre, madame, fit M. Bauche, mais si votre
désir est de la faire entrer ici comme compo-
sitrice ou comme brocheuse, je dois vous dé-
clarer que nous n'avons actuellement aucune
place vacante. Je l'inscrirai, si vous le voulez
bien, et...

— Non, monsieur, non. Je ne songe nulle-
ment à embaucher ma fille dans votre atelier,
bien que je sois convaincu qu'elle y serait très
bien. Ma fille travaille avec moi, chez moi.
Jamais elle ne m'a quittée, monsieur, et
jamais elle ne me quittera que... pour se
marier. C'est justement de cela, de son mariage, qu'il s'agit...

— De son mariage ?

— Permettez-moi, monsieur, vous allez
comprendre ma démarche. Ma fille est fiancée, oui, cela me coûte bien de me décider,
mais enfin c'est son bonheur que je veux, à
cette enfant; moi je passe après, comme de

juste!... C'est égal, allez! c'est dur pour une
mère...

— Au fait, madame, je vous prie...

—J'y arrive, monsieur.
Mon Angèle est fiancée à
un conducteur, comme
on l'appelle, pas un con-
ducteur d'omnibus, un
conducteur d'imprimerie,
un conducteur de votre
imprimerie et c'est sur ce
garçon-là que je voudrais
avoir des renseignements.

— Comment se nomme-
t-il ?

—Antoine Guaminette.

—Guaminette ! oh ! je
le connais parfaitement.

C'est un excellent ouvrier. C'est un de nos
meilleurs conducteurs...

— Ah ! tant mieux, monsieur, parce que,
voyez-vous, ma fille en est coiffée, comme on
dit. Voilà trois mois qu'ils se connaissent,
qu'ils se voient presque journellement et, s'il

fallait les séparer maintenant, je crois qu'elle
en mourrait. Alors Antoine est un de vos
meilleurs ouvriers?

— Oui, madame, je suis heureux de le
proclamer hautement.

— Vous me parlerez bien franchement,
n'est-ce pas, monsieur? Songez que vous avez
devant vous une mère qui veut faire le bonheur de sa fille, une mère inquiète qui vous
supplie de ne rien lui cacher. Il est bon
ouvrier, c'est beaucoup, mais cela ne suffit
pas. A-t-il une bonne nature, un caractère
facile, un fonds honnête, une conduite réglée,
des mœurs convenables?... Voilà ce que je
vous prie de me dire en toute sincérité.

— Oh! madame, vous m'en demandez
beaucoup et en général, de mes ouvriers, je
ne sais que ce qu'ils font à l'atelier. Je ne
m'occupe pas de leur vie privée. Mais du
moment qu'il s'agit de Guaminette, je puis
être plus affirmatif. Il y a très longtemps que
nous l'avons, Guaminette. Il est entré tout
gamin comme apprenti, et nous n'avons cessé
de nous y intéresser, parce qu'il a toujours

été d'une conduite irréprochable. C'est un garçon droit, actif, intelligent, je puis l'affirmer, et un ouvrier habile, artiste même, qui gagne, ici, ses quinze francs par jour d'un bout à l'autre de l'année. Vous voyez que votre choix semble des plus heureux...

— Oh! monsieur, quel plaisir vous me faites! J'étais venue en tremblant, me reprochant de ne pas avoir fait cette démarche plus tôt,  car j'ai laissé avancer les choses un peu trop et... j'avais peur... Enfin, monsieur, vous me mettez de la joie dans le cœur.

— Vous voilà satisfaite, n'est-ce pas? fit M. Bauche en se levant pour montrer qu'il n'avait plus rien à ajouter.

— Oui, monsieur, très satisfaite.

— Eh bien, madame, au revoir. Je souhaite à mademoiselle votre fille toute la somme de bonheur possible avec le brave Guaminette... Au revoir, madame... Au revoir...

Il indiquait la porte de la main, mais la bonne dame restait là plantée, dans une indécision assez comique... Elle avait encore à dire quelque chose qui ne venait pas. Elle se décida pourtant.

— Pardon, mon bon monsieur, fit-elle, voulez-vous me permettre de vous poser encore une petite question ?

— Osez, madame.

— C'est que c'est un peu délicat à dire...

— Ne vous gênez pas.

— Voici, monsieur : Antoine Guaminette s'occupe-t-il de politique ?

— Ah! madame, vous m'en demandez trop. Je n'en sais absolument rien. Tout ce que je puis dire, c'est qu'il n'en fait pas à l'atelier.

— Excusez-moi, monsieur, de vous importuner ainsi. Cela n'a l'air de rien, mais c'est très grave, la politique, très grave. Si Antoine faisait de la politique, il n'aurait pas ma fille.

Oui, malgré toutes ses qualités, je la lui refuserais. Mon avis à moi, monsieur, est qu'il faut laisser la politique à ceux qui en font leur métier, parce que ceux-là, ils savent toujours se tirer d'affaires, retourner leur veste. et s'esbigner quand ça sent mauvais pour eux et qu'ils voient que ça va chauffer.

— Je ne comprends pas, madame...

— Vous ne savez donc pas... ?

— Quoi ?...

— C'est peut-être une indiscrétion que je vais commettre. Bah ! ça restera entre nous. n'est-ce pas ? Apprenez donc, mon bon monsieur, que le père d'Antoine Guaminette a été pris, pendant la Commune, par les Versaillais qui l'ont fusillé séance tenante. Vous comprenez mon émoi. maintenant. Si Antoine avait. lui aussi, du sang de communard dans les veines et si, à la première révolution, il devait se faire fusiller comme son père, j'aimerais autant ne pas lui donner ma fille.

— Tranquillisez-vous. madame, repartit en riant M. Bauche. Redoutez-vous donc une nouvelle révolution ?

— Pas positivement. — Cependant ça n'aurait rien d'étonnant après tout ce qui se passe en ce moment, et l'autre soir, dans un journal que je lisais à madame Guaminette, pendant que nos enfants se faisaient la cour, j'ai parfaitement vu que le gouvernement était pourri, que tous les députés étaient des prévarico... co... eu... — des prévarico, — enfin des machin-cateurs, cela veut dire que c'est tout ce qu'il y a de pire, et on terminait en disant qu'il fallait à tout prix, de gré ou de force, balayer ce monde-là, monde de traîtres, de voleurs, de bandits... que s'ils ne s'en allaient pas tout seuls, le peuple saurait se lever en masse pour leur signifier sa volonté. — Est-ce clair, cela? Croyez-vous que le gouvernement, les députés, tous les gros bonnets en un mot, se laisseraient traiter de la sorte dans le journal, s'ils ne se sentaient pas morveux...?

— Allons, madame, rassurez-vous. Que la politique ne vous effraye pas tant! D'ailleurs, Antoine Guaminette est trop occupé par son travail, trop zélé à l'atelier pour prendre le

temps de faire de la politique, comme vous
dites. Je ne connais pas ses opinions, mais
j'estime que vous auriez grand tort de vous
mettre martel en tête, si c'est là votre seul
sujet d'inquiétude à l'égard du mariage de ces
deux jeunes gens qui s'aiment...

— Alors, vous me conseillez...

— Pardon, madame, il ne m'appartient pas
de vous donner un conseil dans cette grave
circonstance. Je puis simplement vous affirmer, et cela, je l'affirme, je le répète, hautement, que Guaminette est un de nos meilleurs
ouvriers, exact, sage, rangé, habile, conscien-
cieux et dévoué. Que puis-je dire de plus ?...

Après avoir remercié, les yeux humides de
bonheur, la brave femme s'en alla avec force
salutations gauches et émues, non sans m'a-
voir demandé mon nom et mon adresse afin
de pouvoir m'envoyer une invitation au mariage et m'avoir fait promettre d'y assister.

Je promis, bien entendu et, ce qui est
mieux, j'assistai quelques jours plus tard à la
messe de mariage dans la petite église des
Batignolles. Quand, dans la sacristie, je por-

tai aux jeunes mariés et aux mamans mes
félicitations, je trouvai un couple réellement
beau et bien assorti, comme disaient les braves
gens de la noce. Les deux veuves, superbe-
ment endimanchées, fières de leur progéni-
ture réciproque, au comble de leurs vœux, se
congratulaient à l'envi, jusqu'à bout de res-
piration, pendant que les jeunes époux, le
défilé des amis terminé, se regardaient amou-
reusement, la main dans la main, sans trou-
ver un mot à se dire, oppressés par l'émotion.

Puisse la joie de ces braves gens durer
toujours !

ACHEVÉ D'IMPRIMER A ÉVREUX

PAR

CHARLES HÉRISSEY

LE VINGT-NEUF JUILLET MIL HUIT CENT QUATRE-VINGT-TREIZE

JAMBES FOLLES

PAR

ÉMILE DARTÈS

Préface par Arsène HOUSSAYE

UN JOLI VOLUME, FORMAT IN-18 JÉSUS

Avec une centaine d'illustrations

PAR

JOSE ROY